Mi mamá es la mejor
mamá del mundo, pero...

Para Christos y Dimitris, mis acompañantes de viaje en el globo.

Edita:

c/Mosén Félix Lacambra 36 B
50630, Alagón, Zaragoza, España

Primera edición: septiembre de 2015
I.S.B.N.: 978-84-943476-1-0
D.P.: Z 1164-2015
©Texto e Ilustraciones: Natalia Kapatsoulia
www.apilaediciones.com
apila@apilaediciones.com

Impreso en China

MAMÁ quiere VOLAR

Natalia Kapatsoulia

Mi mamá es muy guapa y muy buena,
pero a veces no me presta atención.

Por ejemplo: cuando habla por teléfono horas y horas.

¡Es como si no existiera!

O cuando va al gimnasio con otras madres.
Algunas veces voy con ella, pero no me habla.

¡Y yo estoy aquí!

O cuando vamos a la escuela con el tiempo justo.

¡No me presta atención!

Me besa rápidamente,
me mete en el bus escolar
y desaparece por la ciudad.

O cuando los mayores vienen a cenar. ¡Es hora de dormir!

O cuando hay dos...

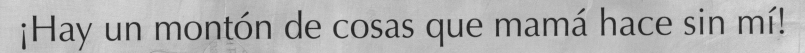

¡Hay un montón de cosas que mamá hace sin mí!

De vez en cuando pienso que está dentro de un globo grande
y quiere volar alto, muy alto... y lejos, muy lejos.

Entonces me entra un poco de miedo porque hay algunos globos
que cuando vuelan alto desaparecen en el cielo.

Pero yo conozco un truco:

atar con un hilo el globo en el que está mamá.

Así, si lo agarro **con fuerza**...

y lo traigo hacia mí,

mamá vuelve,

me sonríe

y me abraza.

Y entonces siento que hay mucho espacio para mí.

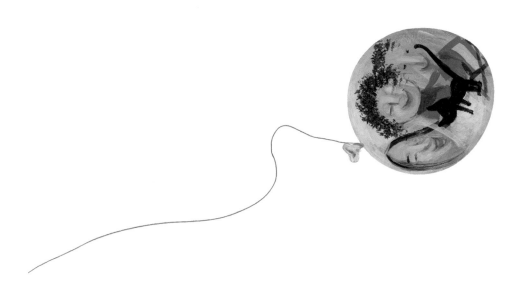